VENTE
HOTEL DROUOT, SALLE N° 9
Du Mardi 26 Février 1907

A DEUX HEURES

Estampes Anciennes

COMMISSAIRE-PRISEUR

M° MAURICE DELESTRE

5, rue Saint-Georges

EXPERT

M. LOUIS BIHN

61, rue La Boëtie, 61

Assisté de ses Fils

PAUL et HENRI BIHN

CATALOGUE

DES

Estampes Anciennes

De l'École Française

DU XVIIIᵉ SIÈCLE

Dont la vente aura lieu

HOTEL DROUOT, SALLE Nᵒ 9

LE MARDI 26 FÉVRIER 1907

A DEUX HEURES

COMMISSAIRE-PRISEUR

Mᶜ MAURICE DELESTRE, 5, rue Saint-Georges

EXPERT

M. LOUIS BIHN, 61, rue La Boëtie

Assisté de ses fils PAUL et HENRI BIHN

CONDITIONS DE LA VENTE

La vente sera faite expressément au comptant.

Les adjudicataires paieront *dix pour cent* en sus des enchères.

L'expert remplira, aux conditions d'usage, les commissions que voudraient lui confier les amateurs ne pouvant assister à la vente.

Paris. — Imprimerie de l'Art, Ch. Berger et Cie, 41, rue de la Victoire

DÉSIGNATION

AEROSTATION

1 — *Portraits de Garnerin.* — *Pilâtre de Rozier.* — *Le Docteur Potain*, etc. Quatre pièces.

2 — *Blanchard.* — *Charles.* — *Pilâtre de Rozier*, etc. Cinq portraits de célèbres aéronautes.

3 — *Aerostation out at elbows* — *Lofty projects.* Deux caricatures en couleurs.

4 — *Bataille de Fleurus.* — *British butterflies*, etc. Trois pièces anciennes.

5 — *Expérience aérostatique faite à Versailles le 19 septembre 1783.* — *Vue perspective de l'aérostat « le Suffren ».* Deux pièces.

6 — *The Vauxhall royal ballon.* — *The eagle*, etc. Trois pièces, dont deux en couleurs.

7 — Très curieuse collection de huit dessins concernant les ballons du siège.

8 — **Alix.** Marat, d'après Garneray, rem. — Pie VII, d'après Wicas.

9 — **Alix.** René Descartes.— Helvetius.— Mably. Trois pièces, imp. en couleurs.

10 — **Anonyme.** Le Matin. — La Nuit, publ. par Chereau. Deux pièces.

11 — **Barlow** (D'après). Suite de quatorze planches, représentant des oiseaux.

12 — **Berghem** (D'après). Aurora. — Vesper, etc. Douze pièces gr. par Danckerts.

13 — **Bohman.** Le Printemps. — L'Été. — L'Hiver. — Trois pièces, imp. en couleurs.

14 — **Bonnet.** Le Déjeuner, imp. en couleurs.

15 — **Bunbury.** Kitchen of a french post house, etc. Trois pièces.

CARICATURES

16 — **Boilly.** Grimaces. Vingt-cinq pièces coloriées.

17 — **Granville.** Le Dimanche d'un bon bourgeois, suite complète de douze planches.

18 — **Musée grotesque**, nos 9, 10, 19, 22 et 27. — *Le Suprême bon ton*, nos 11, 17, 22 et 29. Neuf pièces coloriées en bon état.

19 — *Revue caricaturale*, par Platier, Vernier, etc. Neuf planches, toutes, sauf une, en couleurs.

20 — *Dix-sept planches litho*, par divers artistes extraites du journal *la Mode*.

21 — **Castiglione**. Diverses têtes, dix planches. — Chevaux en liberté, etc. En tout seize planches.

22 — **Chardin** (D'après). La Gouvernante, belle épreuve. La même en réduction. Deux pièces.

23 — **Chardin** (D'après). La Bonne Mère, par L. Weiss. — L'Économe, par Le Bas. Deux pièces.

24 — **Chardin** (D'après). La Pourvoïeuse. — L'Écureuse, gr. par C.-N. Cochin. Deux pièces.

25 — **Chardin et Tournières**. Le Peintre, par Surugues. L'Hiver, par Chasteau. Deux pièces.

26 — **Cipriani** (D'après). A Collection of prints, etc., gr. par R. Earlom. Six pièces imp. en bistre.

27 — **Cochin** (Les). Dix-neuf diverses pièces, gr. par les Cochin.

28 — **Collaert**. Douze mois (suite incomplète). — Animaux, etc. Quinze pièces.

COSTUMES

29 — *Costumes du quadrille historique*. Quatorze planches et un titre, par Deveria, Lami, etc.

3o — **Lami et Vernet**. Soixante-trois planches : Costumes militaires, toutes coloriées.

3 1 — **Bellangé, Charlet**. Costumes militaires. Vingt-trois planches, quelques-unes coloriées.

3 2 — *Caricatures du* xviiie *siècle, sur les modes.* Onze planches.

33 — *Ridiculous taste. —* Mlle *Vainqueur cœffures à la Saint-Vincent,* etc. Dix pièces.

34 — *Vingt-sept planches tirées d'almanachs.*

35 — **Coypel** (D'après). Les Admirables aventures de Don Quichotte, suite de dix-neuf planches, par Cochin, Surugues, etc. A toutes marges.

36 — **Coypel** (D'après). Galatée, par Trochon, et deux autres pièces gr. par Botet.

DANSE

37 — Mlle *Auretti,* gr. par Scottin. — *L'Aimable danseuse,* etc. Huit pièces.

38 — *Vingt-quatre pièces diverses ayant trait à la danse.*

3g — **Debucourt**. Route de poste. — Route de Poissy. Deux pièces en couleurs, d'après C. Vernet.

DESSINS

40 — **Rowlandson**. The royal ante-room. Très belle aquarelle.

41 — **Rowlandson**. Tricks of a country ale house. — Monkey tricks. Deux aquarelles.

------

42 — **Drevet** (Pierre). Jacques-Benigne Bossuet, d'après Rigaud.

EAUX FORTES MODERNES

43 — **Feyen-Perrin**. Huit eaux-fortes, une couverture.

44 — **Hervier**. Huit eaux-fortes originales différentes.

45 — **Marvy** (Louis). Quinze pièces, eaux-fortes originales.

------

46 — **Ecole française**. *La Belle Impatiente*. — *Le Prêtre du catéchisme*, d'après Duménil. — *L'Amour enfant*, etc. — Quatre pièces.

47 — **Ecole française**. Bacchus et Ariane, d'après Lagrenée. — Marche de Silène, etc. Quatre pièces.

48 — **Ecole française diverse**. Pierrot et sa progéniture. — Jacob et Rachel, par Le Moîne. — La Bergère des Alpes, gr. par Legrand. Trois pièces.

49 — **Ecole hollandaise**. Dix pièces, d'après Rubens, Teniers, Berghem, etc.

50 — **Flamen**. (Alb.). Livre d'oiseaux. Suite complète de douze planches. (R. D. 402-413.)

51 — **Germain**. Scènes d'intérieurs de fermes, gr. au trait. Deux pièces.

52 — **Goltzius** (D'après). Divinités des sept planètes et les occupations des hommes auxquelles elles président, gr. par Sanredam. Suite complète de sept planches. (B. 73, 1er état.)

53 — **Goltzius** (D'après). Habillements des officiers et soldats d'un régiment d'infanterie des Pays-Bas, gr. par Assuerus et Londerseel.

54 — **Greuze** (D'après). La Servante congédiée. — Les Enfants surpris.— Annette. — La Paresseuse. Quatre pièces belles.

55 — **Greuze** (D'après). L'Accordée de village.— Exemple d'humanité. — Le Ménage ambulant. Trois pièces. Belles épreuves.

JEUX

56 — Cartes à jouer. — Le Trente-et-un, ou la Maison de prêt sur nantissement, etc. Dix-huit pièces.

57 — Jeux d'oies. Cinq pièces différentes.

58 — Montagnes russes. — Promenades aériennes. Deux pièces, une en couleurs.

59 — Saut du Niagara. — Promenade aérienne. — Montagnes russes. Trois très jolies et curieuses pièces en couleurs.

60 — **Lancret** (D'après). La Belle Grecque. — Le Turc amoureux, gr. par G.-F. Schmidt. (E. B. 15-84.)

61 — **Lancret** (D'après). Les Charmes de la conversation, par Petit. — On ne s'avise jamais de tout, par de Larmessin. Deux pièces.

62 — **Lancret** (D'après). L'Été, par Scotin.— La Soirée, par de Larmessin. Deux pièces.

63 — **Lancret** (D'après). Le Feu, par Audran. — La Terre, par Cochin.— L'Air, par Tardieu. Trois pièces, grandes marges.

64 — **Lancret** (D'après). Le Théatre Italien, gr. par Schmidt. (E. B. 79, 1er état.)

65 — **Le Grand**. Le Rossignol, imp. en couleurs.

LITHOGRAPHIES

66 — Douze pièces, par *V. Adam*, quelques-unes coloriées.

67 — **Beaumont** (D'après E. de), par Jaime. Enfantillages. Treize litho. en couleurs.

68 — **Ferogio**. Etude de figures pittoresques à l'usage des paysagistes. Cinquante-quatre planches et deux couvertures.

69 — **Géricault**. Douze litho. diverses.

70 — Etudes de chevaux, d'après nature, par *Géricault*. Suite complète de douze planches. (B. B. 47-58.)

71 — **Grenier**. Souvenirs de campagne. Suite complète de six planches dans la couverture de publication.

72 — **Madou**. Scène de mœurs. Onze planches différentes.

73 — **Pigal**. Mœurs parisiennes. Vingt planches coloriées.

74 — **Pigal**. Scènes de société. Trentre-quatre planches litho. coloriées.

75 — **Scheffer**. Grisettes, dix-huit pièces. — **Wattier**. Un An de la vie d'une jeune fille, huit planches. En tout vingt-six planches en couleurs.

76 — **Vernet** (H.). Onze pièces.

---

77 — **Louis XVI**. The martyrdom of Louis XVI. — The martyrdom of Marie-Antoinette. Deux pièces en couleurs, par Cruikshank.

78 — **Mariette**. Les Douze mois, suite complète de douze pièces.

79 — **Mettay** (D'après). Antiope réveillé par l'Amour,
par Le Vasseur. — **Saint-Quentin** (D'après). Diane
endormie, par Littret. Deux pièces.

80 — **Moreau le Jeune** (D'après). Memnon ou l'écueil
du sage. — Henri IV chez le meunier, gr. par Vidal
et Simonet.

81 — **Moreau le Jeune** (D'après). Le Pari gagné, gr.
par Camligue. A toutes marges.

82 — **Moreau le Jeune** (D'après). Le Villageois entre-
prenant, gr. à l'eau-forte, par Germain, terminée par
Patas.

83 — **Nattier** (D'après). La Force, gr. par Balechou.

ORNEMENTS

84 — **Berain** (D'après). Cinquante-quatre planches, gr.
par d'Aigremont, Wolf, etc.

85 — **De Lafosse**. Trente-six planches tirées de l'ico-
nologie.

86 — **Forty-Lalonde**. Ornements, planches de différentes suites, gr. par Foin, Will, etc., quarante-trois
planches.

87 — **Oudry** (D'après). Sept planches tirées de fables de
La Fontaine, une avant la lettre.

POSTES

88 — Design fot the new postage envelopes. — Poste restante. — A view of the place des Victoires at Paris, etc. Neuf pièces.

----

89 — **Queverdo** (D'après). Les Délices du printemps. — Les Travaux de l'été, etc. Quatre pièces, gr. par Frussotte.

REVOLUTION

90 — Chasse patriotique. — Le Cabinet noir, etc. Cinq curieuses caricatures dont quatre coloriées.

91 — **Janinet**. Onze planches in-8°.

92 — Trionphe des trois ordres. — Assemblée des capucins, etc. Huit pièces caricatures coloriées.

93 — Sous ce numéro sera vendu un fort lot de gravures, pièces relatives à la Révolution ; ce lot sera divisé.

----

94 — **Saint-Aubin** et **Eisen** (D'après). Les Enfants bien avisés. — Le Petit donneur d'avis, gr. par Tardieu.

SANGUINES

95 — **Demarteau**, Sanguines, d'après Boucher, Dagommer, six pièces.

96 — Sanguines, d'après **Boucher**, par **Demarteau**, nos 50, 57 et 74, trois pièces, belles épreuves.

97 — **Demarteau**, sculp. : **Boucher, Le Prince, Watteau** pinx., nos 170, 184, 297, etc. Cinq pièces, belles.

98 — **Schalle** (D'après). Le Modèle disposé, gr. par Chaponnier.

99 — **Schalle** (D'après). Le Premier mouvement de la nature. — Le Rocher de la Meilleraye, deux pièces faisant pendants, gr. par Le Grand.

100 — **Scheneau** (D'après). Le Retour désiré. — La Mère qui intercède, deux pièces gr. par Duflos.

SPORT

101 — École d'équitation, par **Aubry**, douze planches.

102 — Équitation, par **Aubry**. — Costumes de chasse, etc., etc. Vingt-quatre pièces.

103 — Calèche à rayons elliptiques. — Meubles et objets de goût, etc. Trente-deux pièces représentant des voitures.

104 — Every one his hobly, plate 1 et 2. Deux très curieuses pièces sur les premiers vélocipèdes.

105 — **Grenier**. Douze sujets de chasse au tir. Suite complète et titre.

106 — Paris diligence, par *Rowlandson*. — Dessin, projet pour voiture. Deux pièces.

107 — Équitation. Neuf planches tirées de *Pluvinel*.

108 — **Vernet** (D'après C.). La Course. — Fin de la Course. Deux pièces, gr. par Debucourt, en couleurs.

109 — **Vernet** (D'après C.). Le Cavalier démonté. — Le Jockey au montoir, etc. Six pièces.

110 — **Vernet** (D'après C.). Recueil de chevaux de tous genres, gr. par Levachez. Vingt et une pl. de la suite.

111 — Accidents de chasse. Treize litho. de *C. Vernet*.

112 — **Vernet**. Sujets de chasse. Vingt pièces.

113 — Voitures, dessinées et gravées par *Pynes*. — Mœurs au XIXe siècle, etc. — Huit pièces.

THÉATRE

114 — Douze planches, représentant des décors de théâtres, par *Bibiena* et d'autres artistes.

115 — Six pièces. Illustrations de vol., par *Martinet*. *Bornet*, etc., quelques-unes en couleurs.

116 — **Vernet** (D'après J.). La Nuit. — Les Pêcheurs napolitains, etc. Sept pièces.

117 — **Vien** (D'après). Offrande à Vénus. — Offrande à Cérès. Deux pièces, gr. par Beauvarlet.

118 — **Watteau** (D'après). Coquettes, qui pour voir
galants..., etc., gr. par Thomassin.

119 — **Watteau** (D'après). L'Enlèvement d'Europe, gr.
par Aveline.

120 — **Watteau** (D'après). — Le Printemps. — L'Été.
L'Automne. — L'Hiver. Quatre pièces, gr. en travers.
(G. 180 à 183.)

121 — Sous ce numéro seront vendus les estampes, dessins et lithographies non catalogués (Sera divisé).

9 782329 580272